KB003035

지네발난처럼

문학들 시인선 012

심진숙 시집

지네발난처럼

문학들

시인의 말

직업상의 이유로 전설들과 자주 가까이하게 되었다. 시가 되지 못한 문장의 이야기 근처를 자꾸 배회했다. 곡조가 되지 못한 시의 노래가 함께 떠돌아다녔다. 떠도는 문장의 파편들을 엮고 보니 사금파리가 가득하다. 기꺼이 상처받기로 한다.

2021년 겨울
심진숙

차례

제2부

제4부

제1부

여명黎明

　점묘화 한 점을 위해 수십 장씩 그려졌던 조르주 쇠라의 드로잉처럼 여명은 번져온다 얼마나 많은 밤의 습작 후에야 아침이 깨어날까

　햇살이 색의 입자를 방사하기 바로 전 빛과 어둠의 내재율만이 존재하는 흑백의 세상에는 아직 디테일이 없고 표정이 없고 다만 어둠과 몸을 섞기 시작하는 빛의 어루만짐뿐

　서서히 깨어나기 시작하는 사물들을 가만가만 더듬어 아침의 문고리를 당기던 어머니의 발소리, 그 소리를 들으며 까무룩 다시 잠에 빠져들던 날

　윤곽이 부서진 채 어두운 벽에 쓰러지던 나의 그림자, 콩테로 그려진 드로잉 같은, 한숨 같은, 아직 엄마 속을 나오지 못한 태아처럼 웅크린 문장들

지네발난처럼

몸 안에 지네 한 마리 품고 살아왔다는 것을
앙상해진 그녀의 마지막 몸에서 처음 알았다

휘어진 등뼈를 길게 드러낸 지네 한 마리
평생을 벼랑에서 오체투지 하던 수행처럼, 기억처럼
수많은 다리의 더딘 행렬이 그녀의 야윈 몸에서 빠져나
갔다

앙다문 입들이 가득한 산방산에는 암벽을 기는 지네들
이 있다
굴속에 들어가 바위가 되어버린 여인의 검은 침묵 같은
산을
악착같이 기어오르는 지네발난
강한 자제력이라는 타고난 꽃말처럼
셀 수도 없이 많은 마디를 묶고 또 뻗어
여인의 증발한 눈물을 빨아들이고 있다

형벌을 내린 신에게 저항할 수 있는 유일한 방법은
통증을 즐기는 것뿐이라는 말

천 길 낭떠러지를 습성의 무대로
춤추며 전진하는 아슬한 곡예사
암벽에서 단련된 가죽질의 근육을 불끈거리며
제 몸을 메고 가는 발의 행렬

지네발난이 처음으로 하늘을 향해 업보의 목선을 세워
녹두 알만한 우주를 활짝 열 때
검은 벼랑 마디마다 일제히 쏟아지는 연분홍 탄성
절지의 여정은 이렇게 이어지고 있다.

팔의 기억

마이크로브라키우스는 어느 순간부터 서로의 몸을 나란
히 붙여 팔로 고정시키기 시작했다
　팔로 서로의 몸을 고정시킨다는 것은
　은밀해진다는 것

　물속을 떠다니기 위해 자면서도 쉼 없이 지느러미를 움
직여야만 했던 그들이
　어느 순간 유영을 멈춘 채
　암컷의 작은 팔로 수컷의 지느러미다리를 붙잡고 힘껏
정액을 빨아들이자
　온 바다도 그들과 함께 전율했으니

　이 지구 최초의 팔의 기억을 영원히 간직하기 위하여
　물고기의 시대로부터 오늘까지 우리의 몸은 진화를 거
듭해 온 것인지 모른다
　그리하여 잠재된 옆줄의 감각으로 나는
　당신 안에 유전되어 온 4억만 년 동안의 고독을 감지해
내고 말았던 것이니

당신의 다리가 아직 지느러미였던 날의 비린내에 젖으면
내 작은 팔이 옆구리에서 돋아나는 은밀한 간지러움으로
파도는 일렁이고 말았던 것이다

지구 최초의 팔의 기억으로
우리가 서로의 몸을 고정시키던 그 순간

귀신고래

귀신처럼
고래 한 마리
내 안에 들어와

바다 속처럼 캄캄했던 나를
가볍게 물 위로 들어올린 채
어디까지 갈까
바다 끝까지 달려가 볼까

고래 잔등에 달라붙은 따개비처럼
나 그렇게 누군가의 등에 기대어 한 세상
귀신처럼 떠돌고 싶었네

세오녀 그리움이 연오랑을 찾아
검은 섬으로 찾아가는 꿈길
고래고래 소리치다
축축해진 혼이 깨어나면

문득 회귀해면을 떠도는

고래 한 마리

귀신처럼

고래의 노래

외로움을 이기기 위해 노래를 부르기 시작했다는
고래 이야기
고독하게 살아온 세월이 너무나 오래되어서
이름이 고래가 되었다는
그 말이 정말일까 묻는 것은 때로 유용한 질문일 것

어둡고 차가운 심해에서 살아남기 위해 고래들은
제 짝의 모습을 보는 것도 체취를 맡는 것도 포기해야만
했다는데
4천만 년 전 혹은 8천만 년 전부터라고도 하지
오직 청각에만 의지하여 견뎌 온 시간의 무게만큼이나
비대해진 몸집을
유탄처럼 날려서
해면 위로 솟구쳐 오르는 혹등고래

단 30초의 사랑을 위해
필사적으로 배를 발딱발딱 뒤집으며 지속하는 전희
예민해진 촉각을 집중시키며 허밍허밍
순식간에 거품을 뿜어내며 해류로 귀환하는 고래

찰나의 충만한 기억으로 먼 길을 떠날 수 있다는
믿음이었지, 물살을 가르며 전진, 또 전진할 수 있었던
것은
같은 주파수로 노래를 주고받으며
저 거대한 바다를 기꺼이 건너리
다짐하는 동안에도 고독은
자꾸만 자꾸만 밀려오고 마는 것이었지

그래서 아직도 그 이름은 고래라고 하지
가슴에 들어앉은 바다를 향해
고래고래 소리쳐 부르는
그 노래 그친 듯 그칠 줄을 모르지.

고래의 꿈

깊이 잠이 들지 못하는 것은 살아 있기 위한 오랜 습성,
절반을 열어 둔 당신의 잠 속으로 들어갈 때 밤의 수면 위
로 규칙적으로 떠오르는 허파, 심장의 수의근이 조절하는
박동 소리를 들으며 나는 자는 동안에도 의식을 가지고 있
는 당신의 뇌가 끊임없이 설계하는 꿈속으로 두근, 두근,
들어가요

당신이 지금 어느 때보다 견고한 꿈을 설계하고 있다는
것을 굳게 믿으며 잠 속으로 들어가요 당신이 뒤챌 때마다
꿈의 파, 편, 들이 반짝거려요 당신이 건너온 바다가 차례
로 물결쳐 와요 잠들지 못한 당신의 밤들이 쏟아내는 사금
파리들, 은빛파랑은 나의 몸 깊은 곳에서 빛나고, 출렁거
려요

나의 잠 속에서 당신은 끝없이 대양을 가르고, 수평선
밖까지 달려 나가고, 우리는 지금 꿈의 절정을 향하는 중,
당신의 욕망을 관장하는 불수의근을 어루만질 때 환호하
며 몸 밖으로 뛰쳐나오는 눈물덩이들, 파고를 알 수 없는
슬픔은 순식간에 내 몸을 통과해요 기화되는 욕망의 무게

는 얼마나 가벼운가요 백색의 포말을 꽃뿌리며 우리는 난
파의 절정을 향해 질주해요

　나이테가 하나 더 늘어난 이빨을 앙다문 채 당신은 잠이
들고, 잠들지 못한 절반의 뇌가 이불을 들춰요 새우처럼
웅크린 채 고래의 꿈을 꾸는 당신의 잠 속에서 나는 오래
도록 깨어나지 못해요.

52 블루

따스한 남태평양의 품을 유영할 때에도
바다사냥꾼 범고래들이 매복한 유니맥팩스 협곡을 통과
할 때도
오직 같은 헤르츠만이 우리의 생존을 지켜 줄 거야

석유 드럼통을 두드리는 듯한 소리를 내는 밍크고래
다양하고 긴 소리를 내는 혹등고래
바다의 카나리아 벨루가 고래

자신들만이 알아듣는 노랫소리로
힘차게 전진하는 무리 사이에서
망망대해를 홀로 건너간다네 52 블루

제발 나의 이야기를 들어 줘
간절함 밖 소환되지 않는 세상은
그들만의 노랫소리로 넘쳐나지

주파수가 통하지 못한 곡조는 곡해된 채로
떠돌지 이 해류 속에는 무한반복 되는 당신의 독백만이

가득해 나는 나만의 노래를 부를 거야 다짐을 반복하지

공전과 자전의 주기를 따라 회귀하는 고래들의 밤
뒤채면서 진저리 치면서 끝내 벗어나지 못하는 이 궤도를
끝내 사랑이라 말하면 꿈일까 차마 믿으며 눈물일까

반짝이다가 글썽이다가 사라져 가는 은빛파랑들
세상에서 가장 고독하고 높은 목소리에 귀가 슬픈 밤
한 번도 해독된 적이 없는 당신의 노래

내 안의 52 블루

풍란

당신이 열어 둔 문과 밀려 들어오는 바람의 문장들로부터
나는 오늘 길을 잃겠습니다
땅이 끝나는 지점,
남해바다 벼랑의 끝에 서 있겠습니다

반야에게 버림받은 마야고, 그녀의 분노로 갈가리 찢긴
옷자락들이 해풍에 나부끼다 환생을 하였다는 바람의 꽃,
이제는 맨살로 살아가는 삶이 시리겠다, 따갑겠다

절해고도 어디쯤이면 안식이 있을까, 없을까
생을 부여받은 순간부터 시작된
바람의 칼날 앞에서
베일수록 화석처럼 단단해지는 뿌리를 어루만져 보자

허공으로부터 습기를 빨아들이기 위해 발가벗은 아랫도
리로 처절하게, 용감하게 전진하는 화초의 촉수들, 한 조
각 벼랑을 움켜쥔 채 바위벽을 가로지르는 뿌리들의 행진
에서는 작은 화초의 몸속을 수없이 훑고 지나간 바람의 길
이 보인다

막다른 절벽에 이르러서는
　바람의 향기가 더욱 진해진다는 말
　울뚝불뚝 하지정맥류를 앓는 맨살로 떠받든 새하얀 꽃
잎들

　사랑을 잃은 마야고는 세상을 등지고 지리산 천왕봉에
좌정해버렸다는데, 그 절통함을 삶으로 바꾼 바람의 꽃이
라니, 십 리를 가는 향기로 어부들의 뱃길을 알려 주었다
는 풍란의 옛이야기는 남쪽 바다 이름 없는 섬에 깃들고

　나부끼는 신화의 옷자락과
　벌거벗은 삶의 뿌리 사이에서
　꽃은 피고 있겠다, 지고 있겠다.

서천西天

저녁 바람이 서쪽 하늘로 간다
갈밭 위로 열리는 길에 서서 나는
바람이 안고 온 구름들이 노을빛 속으로
흩어지는 것을 바라본다
무어라 해야 하나
다 스러지기 전 제 몸빛을
사방지천 퍼 올리고 있는 저 장관을
마음의 거처를 모르는 채
패망한 나라의 유민들처럼
한 잔 소곡주에나 취하는 저녁
먼 길 아주 먼 길 걸어와
내 안에서 일렁이는 바람은
자신이 가는 길을 알고 있다
한 시대가 저문 지 오래도록
자진모리 북소리 끝없이 갈밭을 휘도는
여기는 서천, 익명의 혼들로 수런거리는
벌판에는 아버지의 낡은 숨결 같은
갈잎 소리 또 한 시대들 끌고 가고
바람이 지나는 길 위에 서서 나는

매일 조금씩 사라져 가는 나를 바라본다.

햇살이 머물다가

생쌀 같던 하루가 고루 익어가는 시간,
세상의 모든 쓸쓸한 것들이 알토음을 궁글리며
서산 넘어가는 햇살을 따라나선다
다순 밥알이 익어가는 저녁 창가에
햇살이 머물다가 내려놓고 가는 부신 황홀,
설익은 밥알들이 제 몸의 열기로 뜸이 들어가는
저녁 무렵에는 울컥거리는 지난날도 발효가
더는 잘 되는 것이다 익숙해지는 외로움처럼
살아갈 날들의 근심도 고즈넉해지는 것이다
언제부터이던가, 저무는 것들에 마음을
앗기기 시작한 것은, 정작 두려운 것은
앞산이 아침마다 힘겹게 밀어 올리는
희망이라는 것을 알아버린 지금에사
저녁놀이 지고 난 하늘에서 애써 별을 찾지
않는다 저녁 해가 햇살을 뻗어 제 몸을 감싸며 가듯
저무는 것은 스스로를 안아 주며 가는 일,
서둘러 커튼을 내리고 적막한 평화 속에
몰려오는 피로를 눕혀 두고픈 것이다
이제는 너무 늦었구나 싶지만 그렇다고 아쉬워할

그 무엇도 없이, 회한이 이미 긁고 간 자리는
다만 홀로 쓸쓸할 뿐, 갑각류의 껍질처럼
날로 단단해지는 마음의 외피를 더듬는다
서걱거리는 그대의 마른 뼈, 억새풀 언덕에
가을햇살은 또 대책 없이 아름답기만 한 것이다
붙잡고 싶은 것 하나 없는데 울컥 목울대는 치밀어
뜨거운 눈물 한 줌 햇살에 실어 보내는 것이다.

백일홍

　백일홍, 이라고 불러보면 꽃그늘이 따라온다 개화開火하
는 꽃의 중심을 향해서는 바람도 제 몸을 태우며 달려들어
주체할 수 없이 번져가던 꽃불이었으니, 지옥의 불길처럼
번지는 꽃들의 비명이었으니, 찰나의 황홀로 찍어대던 화
인火印, 화인火印들…

　바람이 불면 몽유하는 꽃잎들, 지면에 머리를 곤두박고
낭자해지던 기억이라면, 화려한 절망 속에서 사랑을 꿈꾸
었던, 아니 꿈을 사랑했던 꽃과 바람의 이야기, 한 사연이
다른 사연에게로 건너가던 동안의 문장들은 다 어디로 흩
어져버린 걸까, 묻는 것은 어리석은 일

　이것은 꽃과 바람의 일만은 아닐 것, 생의 불볕에서 지
칠 대로 지친 어느 날 지상에서 가장 길고 화려한 그늘을
만나게 된다면, 그 그늘에 드러누워 세월 굽은 가지마다
속살대는 바람의 입김에 귀를 적시고 만다면, 바람은 불타
오르고 꽃잎은 자지러지는

　그때의 그늘이라면, 뚝, 뚝, 선혈을 남기며 깨어날 백일

몽이라면. 석 달 열흘 피가 마르도록 질러대는 꽃들의 비
명을 들으리 돌아오라 삼복염천 하염없이 덧이 나는 상처
들을 데리고, 이리도 무거운 것이 인연이라면, 떨어져 나
뉜 무게가 더는 무거운 것이라면

달에게

얼마나 맑게 비운 가슴이기에
차고 이우는 사연에 시달린 얼굴이
이리도 환히 둥글었는가
오늘 불 밝힌 하늘의 문이여

초승과 그믐 사이로, 어리석고 서러운
그 어떤 것들은 밀물지고 또 썰물지는가
밀려가버린 것들과 남겨진 것들 사이에서
월식처럼 숨고픈 날

문은 쉬이 열리지 않아도 좋으리

오래 방목해둔 말들을 데리고 터벅터벅
시의 집을 찾아 돌아오는 밤
오랜 인력引力의 노래로 기다리고 있는 이여.

제2부

식영息影

푸르름으로 감싸인 원림에
이른 밤이 내린다
밤은 내리면서 날개를 펼쳐
낮 동안 빌려온 풍경을 덮는다
내려앉은 태양의 붉은 잔광이
밀려오는 밤의 암청과 마주칠 때
정자는 모든 직선을 생략한 채
하나의 부드러운 덩어리로 우뚝 선다
한 그늘의 식영으로 빛과 그림자를 품어 온
정자가 고독의 기둥을 굳게 세우고
검은 밤의 날개 속으로 사라진다
시인과 묵객들의 시대가 가고
전란과 이념의 시대가 지나는 동안
어둠으로 녹아들기 직전의 사람들은 언제나
저마다의 비밀 같은 긴 그림자만을 남긴 채 윤곽을 잃어
갔다
그 그림자마저 지워져가는 밤의 입구에서
경각에나 달한 듯 내가 바라보고 있는 풍경이란
낮과 밤이 교차하는 이 환각의 무상함뿐이다.

물의 시원

물의 시원을 찾아가면
시의 근원에 닿을 것만 같다
영산강의 시원을 찾아가는 길
산자락 사이로 흘러내리는
물줄기 따라 오르면
여인의 숲처럼 둥근
용추사 가마터에 이른다
거기 수만 갈래 억새의 슬픔이
흐르고 고여서
깊어진 늪,
용의 황홀한 추락과
혼곤한 잠이 깃든 곳,
마른 억새 가슴 달래어
온 대지 고루 적셔 줄
무궁한 손길이 아니라면 차라리
선혈 낭자한 추락이기를
끝내 승천하지 못한 용의 전설이라면
물길 비롯되는 골짜기
용트림 굽이치는 폭포수라네

단풍 번져가는 계절이라네.

봉선화鳳仙花

울타리 밑이나 장독대 아래, 밭 둘레에
어머니는 봉선화를 심으셨다
줄기와 가지 사이에서 피어난 모습이 꼿꼿하고 우뚝해
봉鳳을 닮았다는 이름,
이국의 하늘 아래서
손끝에 빨갛게 핏물이 들도록 거문고를 타다가
쓰러져 죽은 소녀의 무덤에서 피어났다는 꽃,
툭 하면 검은 씨앗을 터뜨리며
나를 건드리지 마세요!
단호한 한마디로 여린 가슴 잡은
봉선화가 집을 지키는 동안
장마가 지나고 삼복염천이 지났다
잡귀를 막아낸다는 붉은 꽃물과
뱀을 쫓아낸다는 향내를 지닌
봉선화 꽃잎이 시들기 전에 서둘러 콩콩 찧어서
고물고물한 자식들의 손끝에 싸매놓고
붉은 기운이 빠져나가지 말라고 비시던 어머니,
그날 밤 나의 손톱을 타고 몸속으로 들어온
봉황 한 마리

첫눈이 내리면 하늘로 올라
거기 소실점같이
한 점 꽃물

분꽃

분꽃이 핀다
어머니가 부엌으로 향하신다
종일 꼭 다물었던 입을 열고
꽃잎들이 방긋 웃음을 터뜨린다

수줍은 열여섯에 시집 온 어머니가
소리 없이 밝혀온 저녁이 열리는 시간
말수가 적었던 어머니처럼
조용히 스며드는 어스름
질긴 여름해가 지친 몸을 누이는 서산에
전설 속의 동물 같은
검은 구름이 몰려들면
알 수 없는 두근거림으로 다가오던 저녁
뜨거운 밥알들이 가마솥에서
천천히 뜸이 들어갈 때
저물면서 화사하게 피어나던 꽃

밥 먹어라 부르던 큰언니의 목소리처럼
평상 위로 펼쳐지던 두레밥상처럼

저녁을 밝혀주던 분꽃이 시드는 계절
꿀꺽 삼켜온 제 몫의 슬픔처럼

단단히 검은 씨앗
뚝 떨궈내는 가을날

구절초

9월 9일은
마지막의 수가 둘이나 겹친 날
마마에 걸려 죽은 여자아이들의 귀신인
명두가 탄생한 날이라 굿판을 벌였다는 이야기
구천을 떠도는 여식의 넋을 위한
꽃 잔칫날,
천방 둑길마다 하얀 잎 춤추면
뚝, 뚝, 마디를 끊어
하늘로 땅으로 혼백을 돌려보냈다는 이야기

아프면 오너라
가마솥에 푸욱 고아서 주마
양수가 둘이나 겹쳐서 좋다는 9월 9일은
갓 출가한 딸을 위해
꽃을 말리는 날,
뼈마디 같은 꽃대들
꽁꽁 엮어서 처마 끝에 매달면
바람이 읽고 가는 구구절절
꽃길이 피어난다 구절양장 같은 사연들

막걸리에 한 고름씩 띄우고 둘둘 삼키고 나면
사발 속에서 하얗게 웃어주던 꽃

은행나무 당산

도끼에 찍힌 자리에선
오랫동안 새 가지가 돋지 못했다
김영감님은 은행나무 당산의 옆구리를 어루만진다

여기 움푹 패인 디가 도끼 자국이제
여그서 피가 철철 흘렀다여
왜놈들이 혼비백산을 혀갖고 달아나부렀대
그놈들 아마 뒈졌을 거여
배를 만든다고 큰 나무만 보면 죄다 벴다지 않은가
그렇다고 당산나무를 베면 쓴당가
이 나무가 어떤 나문디

하늘을 향해 만세 부르듯 큰 가지를 치켜든
칠전마을 은행 할아버지 당산
백성의 땅에
상처가 날 때마다 웅웅 울었다는
그놈의 도끼날에 찍히자 피를 토해냈다는
그는 옆구리에 커다란 흉을 안고도
상처의 기억으로 오래오래 희망의 조각들을 만들어냈다

이제는 좋은 일만 있으라고
눈부신 노란 손수건을
옆구리에서 자꾸만 꺼내어 단다

다람쥐 일가가 늘 안부를 묻고
바람이 가만하게 쓰다듬고 가는 상처 속에서는
아직 검은 울음 몇 가지가 숨어 있기도 하다
돌아오지 못한 사람들 돌아갈 수 없는 시간 속에서
잊힐까 두렵고
또한 잊히지 않을까 두려운 기억을 안고
따뜻해서 쓸쓸한 은행나무 당산
아직 여기 서 있다.

운교리

운교리에는
다리는 없고 구름만 있다

다리를 걷어 하늘에 걸쳐놓는
저 구름
달콤한 솜사탕 한 입이 간절하다
지겨운 우울이 파란 하늘가로 사라질 쯤
불어오는 초록 바람
대숲 물결 사이사이
오솔길을 내달아
숨겨진 연못까지 휘젓는다
순간 솟아오르는 뻐꾸기,
저 뻐꾸기처럼, 마음의 둥지를 찾아 잠시
운교리에 머문 사람이 있다
구름처럼 흘러들어온
그는 구름이 울음을 그치자 운교리를 떠났다
누구나 살다보면
낯선 곳에서 실컷 울고 싶은 날이 있다
운교리에서는

누구나 구름처럼 울고 간다
가슴 속 다리 하나 하늘에 걸쳐놓고

서늘한 탄성

폭설 쏟아져
대나무 휘어진다
휘어져 가지들 바닥에 닿은 채로 얼어붙는다

가난해서 다시는 내놓을 게 없는 집의 홀아비가 어린 딸을 빼앗기고 죽창으로 제 배를 스스로 찔러 죽고 말듯, 애비 무덤에서 울다가 따라 죽은 채로 발견된 소녀의 주검처럼, 그렇게 꼼짝없이 얼어붙는다

날 풀리자
대나무 가지들 녹아
휙 휙 다시 일어선다

어느 눈 많이 온 다음 날 사또가 대숲으로 꿩사냥을 가는데 따라간 아들 녀석이 발자국만 남기고 온데간데없이 사라져버리듯, 아들 잃은 사또가 시름시름 앓아눕고 말듯, 그렇게 분연하게 일어선 대나무 푸른 가지 위에는 소녀귀신만 서늘하게 웃고 있더라는 이야기

눈이 내려서
대나무 숲의 소녀 귀신을 만나러 간다
서늘하게 푸르른 탄성이 그리운 날

겨울 소쇄원

오늘은 동지
가장 긴 바람이 일어난다

북쪽의 하늘에서부터 장막을 펼치는 날갯소리가 북방
나라 유민들의 질주처럼
날래게 휘몰아오는 바람의 갈기들 잘 뻗은 산맥, 그대로
의 숲과 속박의 산 밑을 훑고 간 바람이 생채기 바위를 휘
돌아 와서는 어느 청청한 선비의 눈물 고인
가슴팍에서 일렁였다는 것인가.

긴 한숨 청 울려 대금 소리 불러내고 막힌 설움 거문고
줄을 타서 넘어가면
수천 겹 바람의 지층들이 밀려오는 소리 세음 끊기고 소
쇄해지는 그대로의 숲에서는
오랜 기다림으로 그저 오롯한 벽오동 한 그루 쓰다듬을 뿐

댓잎 소리

들들거리는 노래에 지친 날
홀로 대숲에 든다
설친 잠으로 곤하고
마음 부딪혀 불편한 새벽녘
문득
그 소리
마디마디 사연 벗어 두고
머언 길 떠나시던 아버지
옷자락 소리,
울컥
맑은 댓잎 하나가
온 세상 쓸어내는 것을 본다
한 생애 설움으로 무성해진 잎새들
나의 등을 쓰다듬는 손길마다
환히 열리는 그 소리

뱀의 전설

그 시절 구렁이는 당산나무의 화신이었다
신학마을에는 600년 된 당산나무와 정자가 있었는데
여름날 정자에서 야외수업을 하던 학생들이
나무 밑에서 구렁이가 나오자 깜짝 놀라 뛰어내리던
그 순간 정자가 무너져 아무도 다치지 않았다
그런데 그 시절엔 이상하게도 어느 학교나
소풍 갈 때만 되면 꼭 비가 오는 것이었는데
그 이유는 바로 학교 소사 아저씨가 뱀을 잡았기 때문이
었다
그 뱀은 잡고 보니 학교를 지켜주는 터주신 구렁이였거나
혹은 백사로 보이는 뱀을 잡아 죽였는데 그 뱀이 구렁이
의 새끼였거나
어떤 학교는 원래 이무기가 사는 큰 연못을 메우고 학교
를 지었는데
그때 이무기가 매장 당하면서 학교에 저주가 내렸다는
소문도 돌았다
소사 아저씨들은 대개 삽이나 대나무작대기를 들고 용
감히 싸웠는데
어떤 학교에서는 그때 다친 다리를 절고 다니는 아저씨
도 있었다

이렇게 비를 맞으면서 소풍날을 보내야 했던 뱀의 저주도

일기예보라는 약으로 점차 풀려갈 무렵

유년의 전설이 잊힌 자리에는

성모 마리아의 발에 밟힌 뱀의 몸통과

불상 아래 깔린 뱀의 똬리들이 자리를 잡기 시작했는데

페리세우스에게 머리가 잘린 메두사의 머리칼에서 우글거리고

아기장수 헤라클레스에게 목이 비틀린 뱀에 대한

그 뿌리 깊은 증오는 대체 어디에서 온 것일까

쥘 르나르는 뱀에 대하여 '뱀, 너무 길다.' 라는

단 한 줄의 시밖에 쓰지 않았지만

뱀에 대한 그의 심상은 지우려 하면 할수록 길게 자라나

머릿속을 다 채우고 온 방안을 넘실거리다가

바다건너 나의 방안까지 밀려들고 만 것이다

가끔 뱀들의 설움이 하늘에 닿은 오늘 같은 날은

일기예보도 막지 못한 저주가 내리는 날,

끝내 승천하지 못하고 추락한 어느 이무기의 용트림 때문에

내 온몸은 이렇게도 욱신대는 것인가.

흑질백장 이야기

광암리 월천마을 느티나무 당산 밑동에는 커다란 구멍
이 있어
　이곳에서 흑질백장 구렁이와 동네총각이 사랑을 나눴다
　피골이 상접하도록 진기를 빼앗긴 아들의 뒤를 밟은
　어머니 때문에 구렁이와 인간의 사랑 이야기는 끝이 나
고 말았지만
　이백 개가 넘는 구렁이의 긴 척추를 쓰다듬는 동안
　이백마흔여섯개쯤 세다 보면 죽음처럼 혼곤한 잠에 빠
져들었을까
　꽃다운 처녀를 제물로 삼아 온 제주 김녕사굴 뱀의 목을
따버린 서린은
　저주를 받아 스물한 살 젊은 나이에 요절하고 말았지만
　정성 다해 흰 죽 쑤어 차려놓고, 이것 드시고 내 아들 좀
살려달라고,
　제발 멀리 떠나 달라고 빌고 비는 어머니의 애원에
　느티나무 몸통에서 스르르 기어 나와 숲속으로 사라져
버린 흑질백장
　인간의 몸을 칭칭 감고 검었다가 희었다가 희롱을 반복
하는 동안

천년을 기다려온 승천의 꿈을 버릴 만큼이나
금지된 사랑에 빠지기라도 했다는 것일까
하늘을 보면 천기를 알고 땅을 보면 지리를 알 수 있게
된다는
흑질 백장을 먹고 천지에 능통해졌다는 이서구의 전설
도 있지만
뱀과 인간의 오랜 애증으로 물들은 치열한 대지 위의 삶
을 생각한다
시간이 밤의 허물을 벗고 아침으로 탈피할 때
좌절된 승천의 꿈을 부여안고 새벽이슬을 헤치는
흑질백장의 고독한 몸짓은 시작에서 끝으로
제 꼬리를 물고 하나인, 저 홀로 완전한 자가 되어 간다
내가 그대와 헤어진 날에도 이렇게
처음 그대를 만나던 기억부터 지워갔다고 말해야 옳을까
모든 것은 처음 쓰인 이야기들이었고, 또한 지나가는 이
야기들이었다.

나무는 푸르게 늙어간다

관방제림 이른 아침 산책길
늙은 나무들 사이로 접어드는데
누군가 뒤통수를 세차게 부딪고 간다

소스라쳐 돌아보는 허공에
기우뚱 날아가는 작은 새,
사람과 나무들이 함께 사는 숲은
막 나는 법을 배우는
어린 새들의 연습길이기도 한 것

외려 미안해진 내가 빙그레 웃자
400살 드신 팽나무 파랗게 웃으며
가슴에서 푸드득 새 한 마리 날려 보낸다
벚나무도 느티나무도 활짝활짝 팔을 벌려
품고 있던 새들을 일제히 날려 보낸다

늙은 몸속에 저렇게 많은 꿈들을 숨겨두고 있었다니,
문득 어린 날 날려 보낸 수많은 종이비행기
아, 그 아름다운 불시착들이여!

대숲에 푸른 물결 일렁일 때

이제는 정녕 잊고 살아야지 했을 때
불현듯 날아드는 바람 한 줄기 있네
이제는 그만 잊혀도 좋다 싶을 때
갑자기 찾아온 바람은 가슴에
싱싱한 댓잎 한 물결 일으켜놓네
질긴 그리움 순식간에 죽순처럼 자라나
무성해진 마음이 다시 출렁거리네
바람은 내 곁에서 잠들지 못하고
다시 먼 길 떠나고 말겠지만
바람이 날아와 깃드는 자리
대숲에 푸른 물결 일렁일 때
나는 그 속에서 하염없이 바라보네
그대에게도 쉽게 마디진 날
하루도 없었다는 것을
그 많은 날의 물결들을

제3부

여름비

삼복염천 질긴 사랑처럼
기나긴 불면 속에서 온다

온몸을 할퀴고 가는
황홀한 정사처럼

벼락 맞은 이별 노래처럼
울부짖으며 왔다 간다

무기력한 그리움처럼
느닷없이 쏟아진다.

감꽃

어떤 빗방울은 사금파리처럼 빛난다
잎사귀에 꽃들을 꼭꼭 숨긴 감나무
담장 너머에서 말이 없는데
후드득 참았던 눈물처럼 꽃송이 쏟아진다

무슨 말이 하고파서였을까
고물고물 입술을 벌린 노란 꽃들
알아 듣지 못한 채 떠나온 시간이 길었다
남은 인사마저 나무 그늘에 내려두고 가야 할 지금

지켜야 할 약속도 없는데
바람은 왜 발목을 붙잡는 것인지
노란 향기에 눈을 감았다 뜨니
감꽃들 여기 있다, 흩어진다

별처럼 빛나던 시절이 손을 흔들어
후득후득 떨어지는 빗방울 소리
나는 감나무 그늘 아래 못 박힌 채
때 늦게 알아차리는 꽃말을 듣는다

잘 다녀오세요.

노루귀

인적이 뜸한 산비탈에는 솜털이 보송보송 그저 바라보기만 해도 마음이 순해지던 늦둥이 막내딸의 동그란 귀를 닮은 꽃이 숨어 있다 어쩌다 여기까지 어떻게 이 외딴곳까지 왔니 포수들의 총구를 피해서 산비탈 수풀 속으로 꼭꼭 숨어들었다는 새끼 노루의 이야기를 듣던 날, 깜짝깜짝 노루잠의 숙명이 시리겠다 함께 울어주던 날,

이렇게 이른 봄에 꽃잎을 여는 것은 위험해
꽁꽁 언 작은 귀를 감싸 주자
얼어붙은 빗물은 꽃샘바람에서 나를 보호해줘요
때론 고립이 오히려 외로움을 견디게 해주는걸요

이른 봄 험한 노루고개 너머에는 얼어붙은 땅 위에서 일제히 귀를 여는 작은 꽃들이 있다 이 보드라운 솜털로 어떻게 굳은 땅을 뚫었니 작은 귓불로 어떻게 거친 바람을 견디었니 낯선 세상을 향해 쫑긋거리는 노루귀의 동그란 꽃잎에는 새로운 바람에 귀를 열고 천리를 달려가는 노루들의 발굽소리가 담겨 있다 골짝마다 홍색자색 꽃눈을 퍼트리며 전진하는 야생의 향기가 묻어 있다

노루귀

먼 길 떠난 그 이름을 부르면

내 귀도 쫑긋해져

어디선가 너의 봄이 열리는 소리

지문감식

읍사무소에 인감증명서 한 장 떼러 갔다가
지문감식기 위에 내키지 않는 손가락을 얹던 날
분명 내 것이었으나
이제는 나를 모른다며
서류철 속의 까만 손도장들이 나를 외면하는 동안
읍사무소 직원은 점점 난감한 얼굴이 되어간다
채 겪어보지도 못한 생이 던지는 난제 앞에서
내가 풀었던 그날의 답안들은 모두가 오답이었다는 듯
찍찍 지문을 긋고 가버린 수많은 스크래치,
한때는 서로의 존재 이윤 줄 알았으나
지금은 인연이 끊겨버린 애인처럼
더는 진실을 믿어주지 않는 흔적들,
증명되지 않는 나 앞에서 잠시 당혹해진 기억들은
사라진 시절의 알리바이를 힘겹게 추적해본다
세상에서 단 하나뿐인 표식인 지문처럼
평생 단 한 번밖에는 할 수 없는 선택들이 있었다
오답을 의심하면서도 그날의 결심을 위해 울어야 했고
그 결심 때문에 또한 울음을 삼켜야만 했다
지문의 한가운데를 가로지른 수 갈래 스크래치처럼

스스로를 상처 입혀야만 건널 수 있는 골짜기가 있었다
감식기 속에 판독되지 않는 저 흔적들은 그러니까
지문보다도 더 비밀스러운 한 시절의 암호인 셈이다
손가락의 이력 속에는 이처럼 나라가 다 수집할 수 없는
살아온 날의 기록들이 숨어 있기도 하는 것이라고
나는 난감해진 읍사무소 직원을 향해 씩 웃어준다
지문감식기가 시절의 구체적 진실을 읽어 내는 동안에

한여름 밤의 꿈

더위를 식히러 모인 촌로들마저
집으로 돌아간 뒤
텅 빈 모정에서 다정히
총총 별빛을 헤아리고 있는
몽침 두 개

어디선가 살비린 바람이 불어와
늙은 느티나무마저 이파리를 산들거리고
상기된 너의 눈빛 같던 가로등 아래서
백일홍 붉은 꽃물이 더욱 짙어 가는데

점점 목청이 요란해지는 개구리 떼들
건너편 농가에서 이따금 길어지는
소 울음소리

깨어난 지 아득히 오랜 지금도
끝나지 못한
한여름 밤의 꿈

푸른 기억

지붕 속까지 헤집고 들어와
자꾸만 균열을 일으키는 덩굴나무를
마침내 참수시켜버린 날
요절한 가수의 노래를 목놓아 듣다

푸른 목덜미를 잃고도 담벼락의 엷은 습기에 의지해
좀체 제 흔적을 지우지 못하는 덩굴손,
흡반을 들이대며 달라붙는 모든 기억마다에서
푸르고 습한 비린내가 밀려오다

제발 바삭바삭 말라 부서져버릴 수는 없겠니
통과의례를 마치자마자 쓸모를 잃어버린
언약의 기억들은 지워지지 않는다

서글픈 일 지워지지 않는다는 것은
시절 인연이 다 한 뒤에도
다음 생까지 뒤덮어버릴 기세로 덩굴지는 업보는 푸르다.

가을로

바람이 분다
정처도 없이
자꾸만 바람을 낳는 당신에게로
차마 물결 지던 날의 기억처럼
종일 바람이 불어서
가을이 올 것만 같다
추월산,
모퉁이를 돌아가면
가을을 만날 것만 같은 이름
가을이 산을 넘어 오고 있을 것만 같은
추월산 가는 길,
일찍 가을을 만나고 온 떡갈나무가
반쯤 물이 든 이파리를 떨구고
담양호 물그림자가 일렁이도록
바람이 불어 와
구구절절 구절초 피어나고야 마는
그런 가을이 오는 때,
당신을 떠나 온 이후에도
내가 여전히 당신에게 붙잡혀 살듯

이미 내 안에 가득한
그런 가을로 간다.

가을빛

나도 모르게
먼 산 먼 하늘로 눈이 간다
길을 떠났으나 아직
마음을 떠나지 못한 구름이
산허리에 주저앉을 때
산을 넘은 구름이
아직 넘지 못한 구름에게
그대가 나에게
남겨둔 마음이 고여 일렁이는 빛
앞산이 구름에게
등허리를 내어주듯
그대의 마음이
나의 마음에 스미어 오듯
스며들면서 깊어지는 빛
산 구름이 그늘을 내려놓자
가을저녁이 와락 하늘을 물들인다
저 빛 속으로 사라진 시간들이 있다.

11월

모든 사랑은 소멸로 완성된다
추수 끝나고 텅 비어버린 벌판에 가득 쌓여가는 쓸쓸함을
발가벗은 나무의 거무튀튀하고 거칠어진 표피에 새겨지
는 서글픔을
낮게 내려앉은 입동의 하늘 아래 널린 허무함을
사랑의 다른 이름이라고 불러도 좋다고
나는 그대의 어깨에 머리를 기대고 이야기한다
차가워진 바람이 훑고 지나가는 11월의 가지 사이로
바짝 마른 나뭇잎들이 서로의 무늬를 비비대며 함께 추
락하듯
산비탈에서 억새들이 서로의 마른 몸피를 부딪고 노래
하듯
시방 사랑은 비로소 절정이다
모든 사랑하는 것들은 이렇게 저무는 것들을 껴안으며
간다
껴안으면서 깊어져 간다
저녁 해가 서쪽 하늘을 물들이며 가듯
가슴을 적시며 가는 사람이 있다.

그루터기

무덤가에 베어진 채
고요해진 떡갈나무
그루터기에 푸른 이파리 하나를 돋아낸다

당신이 두고 간 마음처럼
쓸쓸하게 둥그런
그루터기

무서리 내려앉는 가을이 오면
마음은
고요로 가득 차리라

낮은 고요는 깊은 고요를 낳고
깊은 고요는 더 깊은 고요를
마음 가득 낳으리라
그루터기는 심연 깊은 곳에 들어앉아 빛나리라

심연 속의 고요는
죽음보다 더 깊이 그루터기 앞에

나는 무릎을 꿇고
거기 남아 있는 이파리를 고이 감싸 안으리라

어떤 시인들

머리에 붙인 초롱불 하나를 의지 삼아
평생 심해를 유영하는 것이 운명

망망한 바다에서 빛나는 한 조각 시구를 얻기 위해
모든 감각의 정보를 닥치는 대로 먹어치우는
식탐 많은 아귀종이다

돌아보면 흔적도 없는 자취들

세상이 쓸모없다고 말하는 것들을
스스로 만들고 스스로 지워 온 길 위에는
문장에 대한 끝없는 주림의 기억뿐

시라는 마귀에 사로잡힌 채
고독과 허기와 불면을 무기 삼아서
내 안의 암흑을 헤치고 있는 심해아귀들이 있다.

제4부

복수초

얼어붙은 땅을 두드린다
좀체 열리지 않는 겨울의 빗장

그러나 도전을 멈추지 않는 꽃이여
그것으로 너는 이미 너의 존재를 증명한다

황금빛 꽃잎의 시간을 위하여
기꺼이 한 포기 풀이 된 얼음새꽃

네가 눈 속에서 피워낸 꽃잔으로 인하여
나는 오늘 이렇게 벅찬 봄의 축배를 드는 것이다.

봄의 진군

저기 새 세상을 꿈꾸는
혁명가들이 몰려오고 있던 것인데

산 넘고 물 건너
끝없이 진군해오는 색색의 깃발들을
누구도 막을 수가 없었던 것인데

잎이 푸르기도 전에
서둘러 깨어난 아픔들이
허공에 휘날려

꽃, 꽃, 꽃……

몰려오다가 바람의 칼끝에 베이는
성급한 젊음이 안타까워
하늘은 자주 눈물을 흘렸던 것인데

달려오다가 쓰러져
짓밟히는 향기가 애처로워

하늘은 서둘러 햇살을 쏟아냈던 것인데

온 산하 아지랑대는 포연 아래
꽃들의 피비린내 진동하는
혁명의 아침

잎새마다 푸른 함성이 터져 나왔던 것이다!

스무 살의 돌멩이

인문대 벤치에 앉아
생의 루이제 린저를 읽었다
아직 살아보지도 못한 세상의 중심을 향하여
뜨겁게 돌팔매를 던졌다

서현교회 앞 십자로에서 돌멩이를 집어들 때
너희 가운데 죄 없는 자가 던지라는 말은
나하고는 아무런 상관이 없는 소리였다
나는 스무 살이었으니까

이제는 누군가를 향해
돌팔매를 던질 수 없는 나이가 되어서도
불끈 쥐고 있는 주먹 속에는
여전히 돌멩이의 온기가 남아 있어

중심과 변방 사이
나와 나 사이

주먹을 벗어나서

혹은 주먹을 벗어나지 못해서
뜨거워진 돌멩이들

누가 나의 중심을 향하여
이토록 뜨거운 돌팔매를 던지고 있는 것일까

슬그머니 돌멩이 하나 내려두고 온
생의 어느 길목에서

정맥류靜脈瘤

질주하다 막혀버린 고속도로에 갇혀
무거워진 다리를 주무르고 있다 보면
내 몸이 잊어버린 것들
욱씬욱씬 되살아나는 것이다

온몸 12만 킬로를 돌고 돌아
심장으로 가는 길,
고장 난 판막 앞에는
어제의 피와 오늘의 피가 충돌한 흔적,
비틀린 정맥들이 시퍼렇게 솟아있고

나 돌아갈래!
전진할 수 없는
물러설 수도 없는 길에서
박하사탕처럼 부서져버린 피톨들,

뜨거운 것들은 왜 아직도
지나온 길 위에 있는가
미처 못 마친 숙제가 있다는 듯

기억은 살갗까지 파랗게 뿌리를 뻗는다

고속도로 한가운데서
떠나온 길은 지워지는 게 아니라 이렇게
무장무장 선명해져만 가는 것이었다.

목련 이야기

새 나라의 어린이가 되던 날
행여나 지각을 할까봐 내달려간 교정에서는
나보다 먼저 출석한 목련꽃과 꽃샘바람이
맞짱을 뜨고 있었다 치열하게 봄이 오는 동안에
새벽종이 울렸다 새아침이 밝았다
부지런한 목련처럼 일찍 자고 일찍 일어나는
새 나라의 어린이로 무럭무럭 자라났다
잠꾸러기 없는 나라 우리나라 좋은 나라에
잘 살아보세 잘 살아 보세 새 봄이 찾아왔지만
부신 햇살은 목련의 심장을 적중해버리곤 했다
잎이 나기도 전에 낙화를 먼저 알아버린 꽃들은
성장통을 앓는다 했다 고도성장이라 했다
사춘기를 맞은 새 나라의 어린이들이
불온한 학생들로 변해가는 동안
세상은 굳게굳게 문을 닫기 시작했다
이따금 기러기들이 높아진 담장을 넘어다녔다
철이 없이 철새들 하늘을 오락가락 하는 동안
새봄 새 학기 담장 안에는 햇살 맞은 목련꽃들
푹, 푹, 고개를 꺾는다 책상 위로 시든

꽃잎이 진다, 눈부신 봄날이란다.

봄의 길목

봄비가 온 듯한 기억과
겨울비가 내린 듯한 기억은
늘 뒤섞여 추적거린다
봄은 왔지만 봄은 오지 않았고
우리가 헤어지던 사거리 가판대에서는
비발디의 스프링이 튀어나오다가
오오 아이 워스 메이드 포 댄싱~
레이프 가렛의 목소리가 싱그러워서 더는 슬퍼져서
뜨거운 돌멩이를 힘껏 내던졌다 그 돌멩이들
주먹 속에서 점차 온기를 잃어가는 동안
스멀스멀 번져오는 알 수 없는 불안을 삼키려고
우리는 맑은 이슬 한 잔에 취하고
우리 강산 소나무의 기상을 담았다는
솔 한 개비의 쓰디쓴 희망에 중독이 된 채
대부분은 작은 월급봉투 속 소시민이 되어갔다
어떤 이는 수도원으로 들어갔다는 소문도 들리고
알 만한 어떤 이는 정치꾼이 되어 다시 돌아오고
또 누군가는 시집을 냈다는 소식도 들려왔다
춤을 추기 위해 태어났다고 외치는 소년과

고통을 춤으로 바꾸는 늙은 조르바 사이에서
낡은 영화필름 같은 빗물이 흘러내리고
우리는 다시 푸르게 늙어가는 나무들의 길목에 선다
꽃잎들 춤추며 분, 분, 떠나가는

산수유나무 그늘 아래서

지리산 자락
구례 상위 마을로
산수유 꽃을 보러 가네

산수유 꽃 보러 갔다가
물을 보네
도랑 도랑 귓속으로 달려오는
물의 웃음을 바라보네

산수유 꽃 보러 갔다가
돌을 보네
무너질 듯 말듯
지 멋대로 아름다운 돌담을 보네

산수유 꽃 보러 갔다가
그늘을 보네
노랑 노랑 꽃 초롱을 밝히고
봄의 그늘이 되어가는 나무들을 보네

산수유 꽃 보러 갔다가
산수유 닮은 사람들을 보네
난 곳에 뿌리를 내리고 나무와 함께 살아온 이들

그 굽은 등처럼 쓸쓸하고 깊고 아늑한
산수유나무 그늘 아래서

오월

햇살 고운 날이면
나 돌아가리
다짐하던 순간이 있었다

허무한 혁명과 무료한 축제를 지나
우울한 안개마저 통과해버리고
다만 단순해지는 일만 남은 듯이
건조해지는 마음의 갈피를 접는 오후

먼 길을 돌아온 바람이 다시
나의 발목을 붙잡아
문득 발밑 작은 꽃잎에
무릎이 꺾이는 날에는 그날에게로
나 돌아가리 외치고 싶은 날이 있었다

바람을 잡으러 출렁대는 이파리
그날의 우리처럼 푸르러가는
오월의 햇살에 눈이 멀어서
나 세상을 모르리라고

나 내일을 모르리라고

그러나 이마저도
모두가 지나간 일이 되었다.

오늘 또 내일

누군가 슬쩍 내 집을 다녀갔다 직장으로 학교로 식솔들이 모두 빠져나가고 굳게 잠긴 집은 늘 누군가의 표적이었으리라 내팽개쳐진 살림살이들 사이로 잽싼 손놀림이, 쓰러진 가족사진 위로 번뜩이는 눈빛이 지나갔으리라 순간 섬뜩해지는 것인데

익숙한 내 집에 펼쳐진 이 낯설고 섬뜩한 광경을 하나씩 치우면서 생각해보는 것이다 죽고 난 뒤의 팬티를 걱정한 시인도 있었지만, 내 집을 슬쩍 다녀간 누군가는 도둑이 들어오면 흉볼지도 모르니 속옷 정리는 잘해두라고 자신의 마누라에게 당부했을지도 모른다

익숙한 내 집에서 떠오르는 이 낯설고 우스꽝스런 생각을 하나씩 지워가다가 거실 한쪽에서 멈춰 있는 시계를 발견한다 하나뿐인 결혼반지는 무단 침입한 누군가가 오늘 집어가 버렸지만 나의 숱한 시간들을 훔쳐간 이는 대체 누구인가

익숙한 내 집에서 느껴지는 이 낯설고 쓸쓸한 감정을 쓰

다듬으며 또한 제목도 생각나지 않는 드라마의 한 장면을 기억해보기도 하는 것이다 훔쳐온 반지를 제 여자의 손가락에 끼워주는 사내의 애틋하고도 비장한 표정이 클로즈업되던 한 장면, 비루한 삶의 이면도 이처럼 로맨틱 할 수가 있는 거라고

　　나의 익숙한 일상을 불쑥 침입해버린 삶의 다른 얼굴이
　　이처럼 섬뜩하거나 우스꽝스럽거나 쓸쓸하거나
　　또는 로맨틱하거나

　　아, 글쎄 그러니 이제 설이 얼마 안 남았다고!

미완의 작품

라파엘 전파 화가 로버트 브레이스웨이트 마티노의 미완성 작품 '가난한 여배우의 크리스마스 디너'는 그 방치된 캔버스의 창백한 공백에 적나라하게 드러나고 있는 생의 피로와 고립으로 인해 바라보면 경건해지는 작품이다 마티노가 여배우의 파리한 얼굴과 푸딩을 장식한 호랑가시 나뭇가지를 공들여 묘사한 다음 어떤 이유로 붓을 놓아버렸는지는 모른다. 어떤 성스러운 도안의 크리스마스 카드보다도 큰 울림을 준다.*

다 말해질 수 없는 쓸쓸함과 적막을 간직한, 보이지 않는 여백에서 삶의 궤적과 이정표를 상상하게 만드는 미완의 생이란 때로, 그 자체로 바라보면 경건해지는 그대의 작품이다.

* 김혜리 그림산문집 『그림과 그림자』에서 인용.

오랜 여행 끝,
사라지는 것들에 바치는 연가戀歌

김청우 부경대 교수

시라는 마귀에 사로잡힌 채
고독과 허기와 불면을 무기 삼아서
내 안의 암흑을 헤치고 있는 심해아귀들이 있다.

—「어떤 시인들」 중에서

1

왜 시를 쓰는 걸까? 시에 '빠진' 사람은 뭔가 맹목적인
상태가 되는 듯하다고, 농담 섞어 말하기도 하는 요즘이
다. 왜 쓰는지를 물어본다면, 그렇게 쓰지 않으면 안 될 것
같은 어떤 '느낌'에 사로잡혀서, 라고 말할 수 있겠다. 이렇

게 시에 관해 생각하다 보면, 어느새 또 하나의 질문이 던져지곤 했는데, 시인은 자신이 쓰는 시가 어느 지점에서 어떻게 끝날지 알 수 있는가였다. '끝'이라니. 아니다. 단지 멈출 뿐이다. 시는 한 편, 한 편, 그렇게 끝맺는 듯 보이지만 사실 하나의 작품이다. 그래서 '시집'이라는 형식에 묶인 시들은 모두 하나의 작품일지도 모른다. 시는 시작도 없고 그치지 않으며, 그래서 시인은 자신의 시를 '끝낸다'라고 생각하지 않고 다만 '잠시 멈춘다'고 여긴다. (다소 거창하게 들릴지도 모르지만) 일즉다―卽多, 다즉일多卽―이라는 말을 여기 적용해도 되겠다. 시인은 그저 노래를 계속하다가 잠시 숨을 고를 뿐이다.

심진숙 시인의 시는 작품들 서로가 얼마간 겹쳐 있고, 겹치다가도 어느새 다른 말과 풍경을 펼쳐낸다. 그 풍경은 어디선가 본 듯해서 익숙하지만, 또 어딘가 낯설다. 주제와 소재는 다양하고, 그래서 그 스펙트럼과 지평이 얼마나 촘촘하게, 또 넓게 펼쳐져 있는지 궁금해진다. 시를 읽는 내내, 나는 줄곧 '사랑'과 '여행'이라는 단어를 떠올렸다. 지속되는 흥미와 함께 말이다. 사실 '사랑'과 '여행'은 서정시인들의 공통된 관심사, 그것도 아주 오래된 관심사다. '사랑'과 '여행'은 우리가 '삶'을 이해하는 데 자주 '틀[frame]'로 삼는 것들이기 때문이다. 그래서 그만큼 많은 노래가 흘러나왔을 것이고, 그렇게 바다를 이루고 있을 것이다. 심진숙의 시도 그중 하나라고 말하지 않을 이유가 없어 보인다. 그러나 또 이렇게 단언할 수는 없는, 그 무엇인가가 심진숙의 시에는 존재함을 말하지 않을 수 없다. "사금파리가 가득하다"(「시인의 말」 중에서)라고 해도 그는 이제 하나의 '그릇'이자 '집'을 지었고, '같지만 또 다른' 살림살이를 시작할 것이다.

2

심진숙 시인의 '노래'는 가만히 귀 기울여 들을수록, 또 그 말들을 곱씹을수록 깊이가 있고 여운이 남는 종류의 것이다. 쉽게 읽히다가도 그 시선을 멈추게 하는 구절들이 적지 않다. 가볍게 읽히다가도 마음에 무겁게 내려 앉히는, 그런 구절들을 심진숙 시인의 시에서 발견하기란 그리 어렵지 않은 것이다. 이는 시인이 '시'와 함께한 시간이 짧지 않았음을, 그리고 그 시간이 녹록하지 않았음을 증명한다. "점묘화 한 점을 위해 수십 장씩 그려졌던 조르주 쇠라의 드로잉처럼"(「여명」) 그는 시로서 점묘법을 시도한다. 수없이 '거리'를 가늠하면서 그리는 그림, 잘못 찍은 점 몇 개에 그림 하나를 다시 그려야 하는 그런 점묘화처럼, 심진숙의 시 역시 그렇다. "얼마나 많은 밤의 습작 후에야 아침이 깨어날까"(「여명」)를 묻는 화자의 독백에는 수없이 많은 밤의 흔적들이 켜켜이 쌓여 있다. 그 시간의 지층이 이 시집이라고 할 수도 있겠다. 심진숙 시의 화자는 삶에 관해 거리를 가늠하며 점점이 시어를, 결코 가볍지 않게 찍는다.

> 몸 안에 지네 한 마리 품고 살아왔다는 것을
> 앙상해진 그녀의 마지막 몸에서 처음 알았다
>
> 휘어진 등뼈를 길게 드러낸 지네 한 마리
> 평생을 벼랑에서 오체투지 하던 수행처럼, 기억처럼
> 수많은 다리의 더딘 행렬이 그녀의 야윈 몸에서 빠져나
> 갔다
>
> — 「지네발난처럼」 부분

야윈 사람의 몸에서 앙상한 나무를 떠올리는 것은 너무나 자동적인 연상이다. 그래서 그러한 은유가 갖는 의미에도 불구하고 시적으로는 그다지 큰 울림을 주지 못한다. 반면 심진숙은 앙상한 몸에서, "휘어진 등뼈"에서 "지네 한 마리"를 읽어낸다. 그의 시선에 걸려 올라온 지네 한 마리는 분명 낯선 상상의 결과다. 물론 단순히 낯섦을 위해 선택되었다면 신기성만을 유발할 텐데, 이 시는 그러한 우려를 불식시키기에 충분한 장면들을 보여준다. "몸 안에 지네 한 마리 품고 살아왔다"는 문장을 읽은 지금, 이제는 나도 사람의 몸에서 지네를 떠올릴 수밖에 없게 되었기 때문

이다.

이 강렬한 이미지가 시인이 자신의 육친을 보면서 떠올린 것이라니, 육친의 일생을 반추하며 그로부터 꺼낸 것이라니, 마음이 아프면서도 그 상像이 주는 섬뜩함으로 인해 한편으로는 놀랍기까지 하다. 절지동물인 지네와 바위의 틈 사이로 자라는 식물인 지네발난蘭을 모두 가리키는 이 시의 '지네'는, 생의 마지막 순간에 선 여인의 야윈 등뼈로부터 연상됨으로써, 그가 그동안 악착같이 잡고 있었던 생의 무게가 얼마나 무거웠는지 새삼 느끼게 하는 이미지가 된다. 시인은 말한다. 그 악력이 힘을 다할 때, "수많은 다리의 더딘 행렬이" "빠져나"갈 때 삶은 정말 마지막 순간을 맞는다고. 그렇게 삶을 '놓는' 것이라고. 삶의 벼랑을 잡고서 힘겹게 발을 떼며 걸어왔던 "여정"이 끝나게 된다고. 이러한 문장을 써내기까지 얼마나 많은 밤들을 펼쳐 놓고 점을 하나하나 찍었을 것인가.

3

어쩌면 심진숙 시인은 정말 그의 말처럼 "시라는 마귀에 사로잡"혀 있는지도 모른다(「어떤 시인들」). 그 '마귀'는 심해어의 형상을 하고서 시인 마음[心] 저 '깊은 곳' 심해深海에서 표면으로, 그 '진심'이 드러날 수 있도록 보내고 또 보낸다. 강인한 생명력으로 수압을 견뎌내는 물고기들처럼. 그렇기에 시인은 시를 놓지 못한다. 그것은 곧 삶과 동일시되기 때문이다. 한편에서 시는 심해어로 등장하지만, 마찬가지로 바다 깊은 곳에서, 심지어 후각을 포기하면서까지 그곳에서 살기를 선택한 고래(「고래의 노래」)로 나타나기도 한다.

그래서일까. 이 시집에는 고래에 관한 시가 적지 않다. 「귀신 고래를 기다리다」, 「고래의 노래」, 「고래의 꿈」, 「52블루」가 그 목록이다. 그래서 고래에 관해 생각해 본다. 나는 바다를 접하기 어려운 곳에서 태어났고 자랐다. 바다는 내게 신비로운 공간이었으며 고래는 더 말할 것도 없었다. 그러다 부산으로 거처를 옮기게 되었고, 바다는 이제 내 삶의 작은 일부가 되었다. 물론 고래도 그렇다는 것은 아니다. 다만 조금 더 그에 관해 생각할 계기를 얻었을 뿐이다. 향유고래를 상징으로 삼은 학교에 근무하게 되면서, 마치 오래전 보았던 울산 반구대 암각화를 새삼 떠올렸던 것처럼 말이다. 여름날, 저 멀리 건너편 절벽에 새겨져 있어 신기루처럼 어렴풋이 보이는 고래의 형상이 아직도 그저 신기하기만 할 따름이다. 먼 옛날에 이 땅에 살았던 그들의 눈에, 과연 고래는 어떻게 비쳤을까. 어쩌면 그들의 눈에 고래는 아마 생명현상의 현신으로 보였을지도 모를 일이다.

단편적인 몇 가지 사실만으로도 고래는 흥미롭다. 물속

에 사는 거대한 포유류면서 자신만의 패턴으로 노래까지 부르며 삶과 먼 여행에 쌓인 감정을 소통하는 동물. 이렇게 적어놓고 보니 고래는 왠지 시인을 닮았다는 생각이, 문득 든다. "외로움을 이기기 위해 노래를 부르기 시작했다는/고래들의 이야기"(「고래의 노래」)에 관해 말하는 것은 아마도 동일시에 근거한 시작詩作이 아닐까 싶다. 심지어 "52 블루"(52 Blue)라고 불리는, 52Hz의 자신만의 주파수로 노래하며 고독한 여행을 계속했다고 알려진 한 고래의 이야기도 등장한다. 1992년에 소리로서 포착된 그 고래(라고 추정되는)는, 다른 고래들과는 다른 주파수로 노래하면서, 또 평범하지 않은 경로로 이동을 했다고 알려져 있다. 그것이 고래인지 아닌지, 또 실재하는지 그렇지 않은지 여부는 그리 중요하지 않다. 오히려 그렇기 때문에 '52 블루'의 이야기는 사람들의 흥미를 자아내고 노래로, 그리고 영화로 끊임없이 새로운 생명력을 얻고 있다. 심진숙의 시도 마찬가지다.

자신들만이 알아듣는 노랫소리로
힘차게 전진하는 무리 사이에서
망망대해를 홀로 건너간다네 52 블루

제발 나의 이야기를 들어 줘
간절함 밖 소환되지 않는 세상은

그들만의 노랫소리로 넘쳐나지

(…)

공전과 자전의 주기를 따라 회귀하는 고래들의 밤

　뒤채면서 진저리 치면서 끝내 벗어나지 못하는 이 궤
도를

끝내 사랑이라 말하면 꿈일까 차마 믿으며 눈물일까

　　　　　　　　　　　　　　　　　　　－「52 블루」 부분

　그는 고독하다. 다른 삶을 살기 위한 간절함의 선택("나
는 나만의 노래를 부를 거야")은 "자신들만이 알아듣는 노
래" 속에 묻히고 말 뿐, "제발 나의 이야기를 들어" 달라는
바람은 이루어지지 않는다. 무리를 지어 사는 고래들에 있
어서 홀로 살아간다는 것은 곧 '죽음'으로 이어질 수 있다
("오직 같은 헤르츠만이 우리의 생존을 지켜 줄 거야"). 그
러나 자신만의 노래를 부르고 싶다는 바람은 대체 어떡할
까. 이것은 유일무이한 한 고래에 관한 이야기이기도 하
지만, 동시에 시인 자신에 관한 이야기이기도 하다. "뒤채
면서 진저리 치면서" 벗어나려 하지만 마치 운명처럼 옥
죄는 "사랑", 그리고 다른 한편에서 자석처럼 그를 당기는
'내 목소리'를 향한 욕망, 그 사이에 시인은 놓여 있다. 어
느 쪽을 선택할 것인가. 어쩌면 이것은 '시인의 딜레마'라
고 말해도 되지 않을까. 설령 "한 번도 해독된 적이 없는"
노래가 될지라도, 그런 노래를 향한 마음이 바로 시를 추

동하는 힘이다. 그러나 그런 노래가 누군가에게 닿을 가능
성은 희박하다. 세상은 소환되지 않는다("간절함 밖 소환
되지 않는 세상"). 심진숙의 시는 바로 그 '사이'의 지점에
서 울리는 듯하다.

4

합일에의 욕망은, 바타유(G. Bataille)가 말한 바와 같
이 불연속적으로 고립된 존재가 연속성을 회복하고자 하
는 움직임에서 비롯된 것이다. 그것은 황홀경[ecstasy]에
의 투신이며 극단적으로는 죽음마저 불사하기도 한다. 흥
분의 과잉, 공포와 관능, 그리고 고통과 환희는 하나다. 그
러한 '소용돌이' 속에서 관계의 소통을 꿈꾸듯이, 심진숙의
시에 있어서 자주 소환되는 자연 역시 그 자체로서 드러나
지 않는다. 물론 단순히 '관조의 대상'으로서 나타나지도
않는다. 시인은 자연에 아예 침잠함으로써 자연을 다시 만
들어내는 루트를 채택한다. 이것이 시인의 목소리에 한 축
을 세우고 있다. 이를테면 다음 시처럼.

백일홍, 이라고 불러보면 꽃그늘이 따라온다 개화開火
하는 꽃의 중심을 향해서는 바람도 제 몸을 태우며 달려
들어 주체할 수 없이 번져가던 꽃불이었으니, 지옥의 불

길처럼 번지는 꽃들의 비명이었으니, 찰나의 황홀로 찍어

대던 화인火印, 화인火印들…

—「백일홍」 부분

　주지하다시피 '자연'은 개념이다. 우리는 자연을 몸으로 '직접' 경험하지만, 자연을 반추反芻할 때, 거기에는 언제나 '개념화[conceptualize]'가 동반된다. 아니, '직접' 경험하는 순간조차도 그 이전까지의 경험이라는 '특정한 시각'을 바탕으로 습득되기 때문에, 엄밀히 말하면 개념화의 결과물이라고 할 수밖에 없다. 따라서 자연은 언제나 이미 '우리가 생각하는 대로의 자연'이다. 자연이 경험되었다는 것 자체가 이미 경험 주체와의 상호작용을 전제로 하기 때문이다. 그렇기에 자연을 경험하고 또한 언술로 나타내는 행위들은 모두 우리의 맥락—예를 들면 요구와 욕망의 맥락 등—에서 벌어지는 일이다.

　그렇게 심진숙 시인은 자연을 발명한다. 여느 서정시인들처럼 말이다. 달리 말해 그것은 차라리 자연에서 깨달음을 얻는 것이 아니라 깨달음으로써 자연을 보는 것에 가깝다고 할 수 있다. 그러나, 그럼에도 불구하고, 흔히 볼 수 있는 다른 서정시인들처럼, 정말 온전히 깨달음을 위해서만 자연을 발명하는 데 골몰하지는 않는다. 그는 자연을 발명하기에 앞서 자신이 자연에 침잠했었다는 기억을 간직할 뿐만 아니라, 또한 이에 관해 시에 흔적을 남기는 것

도 잊지 않는다. 그것이 시인의 정직성을 이루며, 진정성 있는 목소리로 여기게끔 만든다. 그는 자신을 주장하는 것만큼 타자를 기록하는 데도 힘을 아끼지 않는다. 그것은 시인이 전설에 관해 노래할 때 여실히 드러난다.

5

"직업상의 이유로 전설들과 자주 가까이하게 되었다."라고 시인이 밝히고 있듯이, 이 시집에는 전설을 다룬 시 또한 자주 만날 수 있다. "직업상의 이유"라고 하지만, 사실 '시인'은 이야기꾼으로부터 시작된 존재가 아닌가. 일찍이 서정주가 질마재의 전설을—'신화'라고까지 말하며—시에 풀어냈던 것을 생각해 보면, 시에 있어서 전설은 그리 새삼스러울 것도 아니다. 왜 시인들은 그토록 전설에 끌리는 걸까. '옛이야기'이기 때문이다. 시원始原, 다시 말해 '뿌리'에 가닿고 싶다는 염원이 옛이야기에 귀 기울이게 하는 것이다. 무릇 시를 쓰는 자는 시가 '어디에서' 왔으며, 또 '어디로' 갈 것인지를 스스로 묻곤 한다. 자신을 꼭 영매靈媒로 여기지 않더라도, 소위 '시상詩想'이 떠오르는 것에 자못 신기해하며 저와 같은 질문을 거듭하는 것이다. 삶에 관해서도 마찬가지다.

물의 시원을 찾아가면
시의 근원에 닿을 것만 같다
영산강의 시원을 찾아가는 길
산자락 사이로 흘러내리는
물줄기 따라 오르면
여인의 숲처럼 둥근
용추사 가마터에 이른다

- 「물의 시원」 부분

시인에게 "물의 시원"과 "시의 근원"은 동일시된다. 그
러나 강의 시원을 찾는 일은 불가능한 일이다. 그렇다고
과연 그 근원이 없을 것인가. 김구용金丘庸 시인은 「원천源
泉」이라는 시에서 이렇게 말한 바 있다. "아무도 가 본 일
이 없으나 원천은 한밤중의 별처럼 확실하였다. 물길을 따
라가면 제비의 날개도 견디지 못한다. 억지로 우기면 해골
을 어느 험한 곳에 남길 것이다. 아무리 높이 오른 눈[眼]
도 닿지는 않는다. 그러나 멀다기에는 너무나 분명하였
다."(김구용, 『시』, 솔, 2000, 362쪽) 물의 시원을 육안으로
확인할 수는 없다. 그뿐만 아니라 아무리 시원인 듯 보여
도 결코 확신할 수 없다. 그러나 물이 바로 우리의 눈앞에
흐른다는 사실은 너무나도 분명하다. 우리네 삶도 그렇지
않을까. 그 근원은 분명히 존재한다. 다만 직접 확인할 수
없을 뿐이다.

하늘을 향해 만세 부르듯 큰 가지를 치켜든
칠전마을 은행 할아버지 당산
백성의 땅에
상처가 날 때마다 웅웅 울었다는
그놈의 도끼날에 찍히자 피를 토해냈다는
그는 옆구리에 커다란 흉을 안고도
상처의 기억으로 오래오래 희망의 조각들을 만들어냈다

─「은행나무 당산」 부분

저 당산나무는 일본인들에게 큰 상처를 입고서도 살아
남아, 그 위기를 넘긴 이후에는 끈질긴 생명력으로 마을
사람들에게 희망을 주었다. 옛이야기로서 전설은 바로 우
리의 문화적 유전자를 식별하는 일과 다르지 않으며, 시
인은 그러한 시적 작업을 통해 자신을 알아가는 또 하나의
여정을 마련한다.

6

전설을 따라 시의 여정을 함께하다 보면, 문득 시인의
이야기는 그 배경을 지금으로 바꾸어 놓는다. 물론 옛이야
기를 하면서도 그의 시선은 순간순간 '지금─여기'를 향하

곤 했다. 그것은 한편으로 '경계'에서 비롯된 것이기도 해서, 이를테면 「흑질백장 이야기」에서 읽을 수 있듯이, "모든 것은 처음 쓰인 이야기들이었고, 또한 지나가는 이야기들이었다."라고 이야기하는 자신의 모습을 시에 겹쳐 놓기를 가능하게 한다. 그렇게 '경계'에 놓인 자의 시선에서, 양 끝에 자리한 세계 그 어느 것도 절대적인 지위를 갖지 못하게 마련이다. 그래서일까, 심진숙의 현실에 관한 시에서는 자못 '세상'에 초탈한 사람의 모습도 엿보인다.

> 읍사무소에 인감증명서 한 장 떼러 갔다가
> 지문감식기 위에 내키지 않는 손가락을 얹던 날
> 분명 내 것이었으나
> 이제는 나를 모른다며
> 서류철 속의 까만 손도장들이 나를 외면하는 동안
> 읍사무소 직원은 점점 난감한 얼굴이 되어간다
> (…)
> 지문의 한가운데를 가로지른 수 갈래 스크래치처럼
> 스스로를 상처 입혀야만 건널 수 있는 골짜기가 있었다
> 감식기 속에 판독되지 않는 저 흔적들은 그러니까
> 지문보다도 더 비밀스러운 한 시절의 암호인 셈이다
> — 「지문감식」 부분

지문指紋은 평생 변하지 않고 유일무이하기에 그 사람의

'정체성'을 대신하는 것으로 취급되는 '무늬'다. 읍사무소에서 겪은 사소한, 한편으로는 당혹스러운 사건을 배경으로 하는 이 시는, 지문에 관한 자못 진지한 성찰을 과장되지 않은, 한편으로는 유쾌한 어조로 보여준다. 10년이면 강산도 변한다는 말처럼, 지문의 저 "골짜기"가 어찌 변하지 않을 수 있겠는가, 라고 상상한다. 현실적으로 보자면 필시 기계에 어떤 오류가 발생하여 지문을 판독하지 못했을 것이다. 그러나 시인은 여기서 한 걸음 더 나아간다. "서류철 속의 까만 손도장들이 나를 외면"하고 "직원은 점점 난감한 얼굴"이 되는, 그렇게 두 '얼굴'이 자신을 당혹스럽게 하는 그 순간에, 시인은 "손가락의 이력 속에는" "나라가 다 수집할 수 없는 살아온 날의 기록들이 숨어" 있기에 저 기계가 자신의 지문을 읽어내지 못하는 건 '당연하다'라고, 그래서 오히려 "직원을 향해 씩 웃어"주기까지 하는 것이다.

저 웃음의 출처는 무엇일까. 시에서 줄곧 드러나듯이, 그것은 아마도 '시간'이 아닐까 생각한다. "굽은 등처럼 쓸쓸하고 깊고 아늑한/산수유나무 그늘 아래서"(「산수유나무 그늘 아래서」), 가을의 노을, "저 빛 속으로 사라진 시간들이 있다"라고 말하고(「가을빛」), "모든 사랑은 소멸로 완성된다"라고 단언하며(「11월」), "떠나온 길", "지워지는 게 아니라 이렇게/무장무장 선명해져만 가는" 길을 되돌아보는(「정맥류」) 자의 노래는 적지 않은 시간을 보내온, 혹은 견뎌온 자의 목소리다.

다 말해질 수 없는 쓸쓸함과 적막을 간직한, 보이지 않
는 여백에서 삶의 궤적과 이정표를 상상하게 만드는 미완
의 생이란 때로, 그 자체로 바라보면 경건해지는 그대의
작품이다.

－「미완의 작품」 부분

육친의 마지막 순간으로부터 시작된 시인의 시적 여정
은, 그로부터 자신의 노래(고래)에 주목하면서 전개되다
옛이야기로 휘돌아 들어가고, 그러다가 현실로 나와 (「미
완의 작품」이 보여주듯) 다시금 자신의 시간을, "매일 조금
씩 사라져 가는 나"(「서천」)의 시간의 풍경을 바라보는 지
점에 당도하면서 마무리된다. 그러나 앞서 이 글의 모두冒
頭에서 언급한 것처럼, 이 여정은 결코 '끝'이 아니다. 그것
은 미완이며, 언제까지고 미완으로 남아 있을 것이다. 그
러나 시인의 여정이 다시 시작되기 전까지, 이 마디[節]와
마디[節]가 끈덕지게 잡고 있는 절절한 고래의 노래에, 그
깊은 밤의 심해에 한동안 빠져 보는 건 어떨까.

지네발난처럼

초판1쇄 찍은 날 | 2021년 12월 24일
초판1쇄 펴낸 날 | 2021년 12월 30일

지은이 | 심진숙
펴낸이 | 송광룡
펴낸곳 | 문학들
등록 | 2005년 8월 24일 제2005 1-2호
주소 | 61489 광주광역시 동구 천변우로 487(학동) 2층
전화 | 062-651-6968
팩스 | 062-651-9690
전자우편 | munhakdle@hanmail.net
블로그 | blog.naver.com/munhakdlesimmian

ⓒ 심진숙 2021
ISBN 979-11-91277-33-3 03810

• 잘못된 책은 바뀌드립니다.
• 이 책 내용의 전부 또는 일부를 재사용하려면
  반드시 저작권자와 문학들의 동의를 받아야 합니다.
• 책값은 뒤표지에 표시되어 있습니다.
• 이 책은 ♨ 광주 문화재단의 2021년도 지역문화예술특성화지원사업의
  지원을 받아 발간되었습니다.